Edición publicada por Parragon en 2013

Parragon
Chartist House
15-17 Trim Street
Bath BA1 1HA (Reino Unido)

Traducción del inglés: Sara Chiné Segura para LocTeam, Barcelona
Redacción y maquetación de la edición en español: LocTeam, Barcelona

ISBN 978-1-4723-1603-5

Printed in China

Bebé Oso aprende a decir «por favor»

Papá Oso y Bebé Oso iban de camino a la guardería.
Pero Bebé Oso se despistaba todo el rato.

—¡Dame la mano,
Bebé Oso! —dijo
Papá Oso.

—Pórtate bien, Bebé Oso —le dijo Papá Oso en la guardería.

—Bebé Oso, ¡las cosas no se quitan!

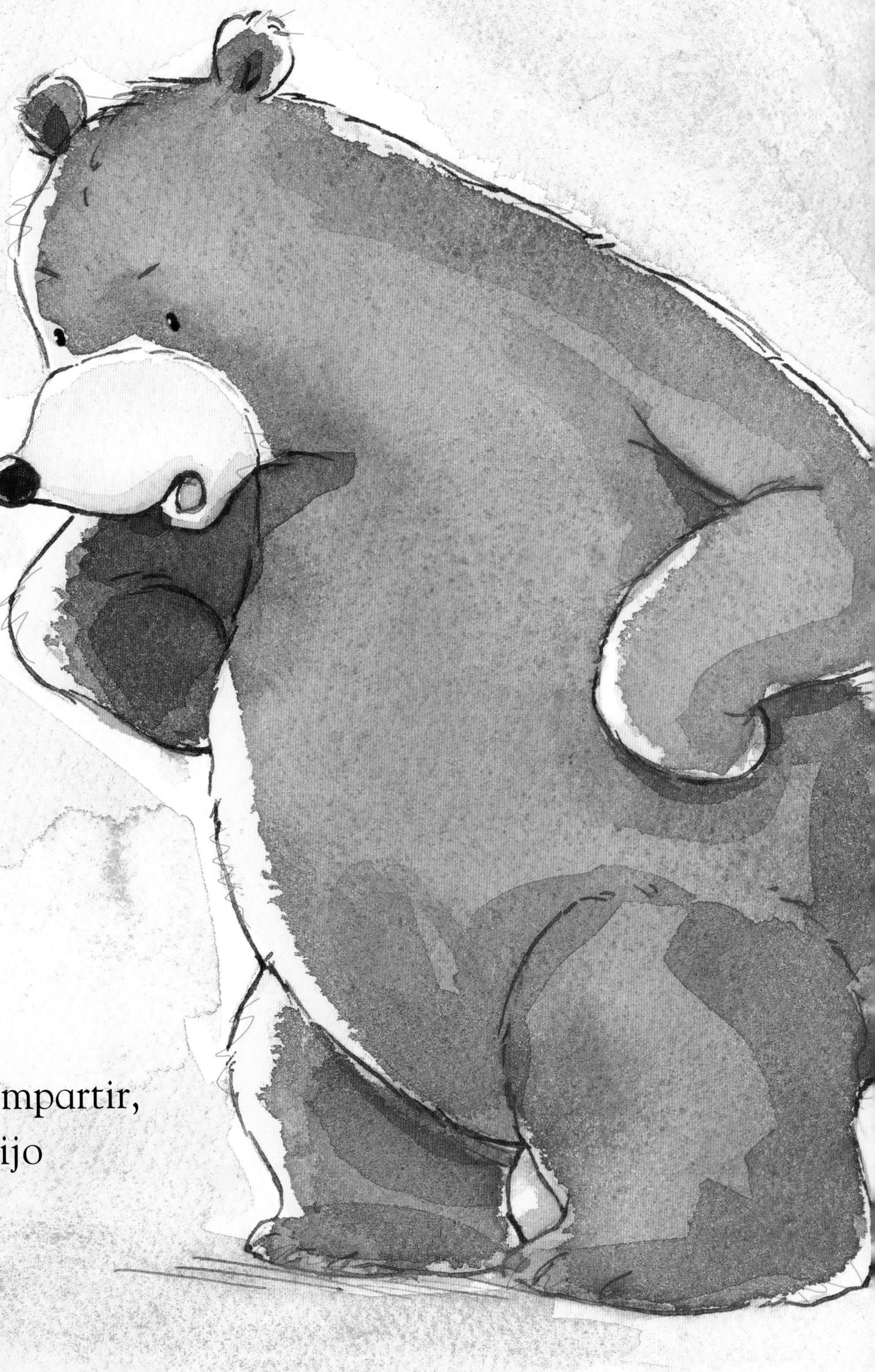

—Hay que compartir,
Bebé Oso —dijo
Papá Oso.

Más tarde, de camino a la fiesta de cumpleaños de Bebé Conejo, Papá Oso y Bebé Oso pararon a hacer unas compras.

—¡Dame la mano, Bebé Oso! —dijo Papá Oso.

JUGUETES

Algo en el escaparate le dio una idea a Papá Oso.

—Mira, Bebé Oso —le dijo—. Ese ratoncito quiere decirnos algo.

JUGUETES

—Este ratoncito quiere venir a la fiesta, Bebé Oso —dijo Papá Oso—. Pero más vale que nos demos prisa porque odia llegar tarde.

Llegaron a tiempo a la fiesta de Bebé Conejo
y Ratoncito le susurró algo a Papá Oso.

—Ratoncito dice «disculpadme,
por favor», Bebé Oso.

Bebé Oso corrió a montarse en el tren. Ratoncito le volvió a susurrar algo a Papá Oso.

—Ratoncito quiere montarse también en el tren, lo ha pedido por favor —dijo Papá Oso.

Bebé Oso les quitó las palomitas a sus amigos para comérselas él y Ratoncito le susurró algo a Papá Oso.

—Ratoncito quiere saber si Bebé Conejo y Bebé Topo quieren palomitas.

Cuando llegó la hora de irse, Bebé Oso se quedó en la puerta en silencio.

—Ratoncito da las gracias por la invitación —dijo Papá Oso.

Bebé Oso miró a Ratoncito y luego a Papá Oso. Entonces levantó la mirada hacia Mamá Conejo y dijo:

—Adiós. Gracias por invitarme a mí también.

—Gracias a ti por venir, Bebé Oso —sonrió Mamá Conejo.

—Podéis volver cuando queráis.

—A Ratoncito le ha gustado
tu manera de dar las
gracias —dijo
Papá Oso.

—¡Y a mí también!